ROSEMARIE DOMS

Im Garten der ROSE

Literarische Gedanken zur Königin der Blumen

von Göbzü am 11.12.2023

bekommen. Das erfreute

mich sehr.

Jan Thorbecke Verlag

Jedes Mal, wenn die Abendsonne die Felszacken der Dolomiten streifte und ihnen glühende Rosen als späten Lorbeerkranz auf ihr versteinertes Haupt legte, erstand er wieder aus jahrhundertealter Vergangenheit: der majestätisch prangende Rosengarten des Königs Laurin. Einstmals herrschte er über ein verschwiegenes Volk von Zwergen, die unter dem grauen Steingeröll nach Kristall und Edelsteinen im Inneren des unbegehbaren Riesen suchten, um ihre verschütteten Träume mit dem Glanz ewiger Schönheit zu versehen, die, vor fremdem Zugriff bewahrt, in der Tiefe des Berges auf sie wartete. Habgierig war er, der König der Kleinen, wie sein ganzes Volk und ließ darob sein Herz zum Rosendieb, zum Liebesräuber werden. Doch beim Anblick des erhabenen Rosengartens, niemandes Eigentum und jedermanns Ergötzen, sei ihm verziehen.

Oft ließ ich dann meine Gedanken weiterwandern zu den verschlossenen Paradiesgärten des Mittelalters mit all den Rosen, die sich allein dem Blühen hingaben und zu den gemalten Madonnen im Rosenhaag, über denen stets ein Hauch von jenseitiger Schönheit und himmlischer Lust schwebte.
Und immer wenn das letzte Goldlicht über den Felsspitzen sie neu erschuf, die aus Stein erblühenden Himmelsrosen in ihrem Glorienschein, vollzog sich in einem unsichtbaren Akt des Schweigens wieder diese gewaltlose Vereinigung eines archaischen und eines christlichen Schauspiels in der Größe und Allmacht der Natur, und es schien mir, als ob auch das zugrunde liegende heidnische Bild weit und groß genug wäre jede fromme Verklärung aufzunehmen, ohne sie zu beschädigen, so wie in jeder Rosenblüte sich das Urbild der Lichtrose aus Dantes Paradies wiederfindet und das Ornament der aus Stein gemeißelten Rosenfenster der alten Kathedralen.

Vielleicht waren es diese Bilder der Ferne, die mich zu dem offenen Rosengarten in der Nähe zogen, dessen kiesbestreute Wege jederzeit begehbar, dessen Blüten mit den Händen berührbar, und dessen lebendige Schönheit unmittelbar sinnlich erlebbar waren. Wie eine allem Lärm entrückte Insel lag der Garten in dem alten Park mitten in der unruhigen Stadt. Seine hohen Bäume waren oft von heftigen Stürmen heimgesucht worden, während er sonst seine ursprüngliche Form bewahrt und manch alten Rosenstamm behütet hatte,

damit er weiterblühe wie der tausendjährige Rosenstock oder die geheimnisvolle Rose von Jericho inmitten einer sandigen Wüste. So konnte es ihm leichtfallen im Laufe der vergehenden Zeit seinem zugrunde liegenden Wesen treu zu bleiben, trotz aller jahreszeitlichen Veränderungen, denen er sich willig unterwarf oder die ihm zwangsweise in gärtnerischer Absicht zugefügt wurden. Seitlich von den Toren aus lauter blühenden Rosenranken führte eine geschwungene Treppe zu einer kleinen Erhebung, auf der ein zierliches Tempelchen stand, fast ganz verdeckt von dunklem Efeu und weißen Rosen, das in den Sommermonaten ein Refugium war für alle Liebenden, für jeden Romeo und seine Julia, um ihren Traum zu Ende zu träumen über einem Meer von roten Rosen, in dessen Schönheit ihre unglückselige Liebe ertrinken konnte. Bald aber verließ ich sie wieder, diese Wirklichkeit mit ihrem Liebeswahn, ging weiter und tiefer hinein in den Garten der Rosen, um zu finden, was dort wartete.

An der absteigenden Treppe begegneten mir zuerst vier steinerne Putten als Allegorie der Jahreszeiten, die in abgestimmter Symmetrie auf beiden Seiten die Treppe wieder nach oben geleiteten. Wie aus Floras heiterer Kinderschar entsprungen, rund und prall mit verschenkendem Leben gefüllt, zeigten sie sich als Vorfahren göttlicher Herkunft aus der Antike und als Vorbild für die ganze Sippschaft der späteren Zwerge aus dem Herzen des Volkes. Mit den Insignien der vier Jahreszeiten versehen standen sie vor mir und schienen in unwissender Unschuld den Riss zwischen Leben und Tod, zwischen Wahn und Wirklichkeit wieder schließen zu wollen, denn sie ließen mich, wie die Rosen selbst, nicht erkennen, ob ihr Schöpfer sie einst als schöner Gärten Zier oder als Auferstehungsbote auf verlassenen Gräbern erschaffen hatte. Als steinerne Statuen mit Rosen geschmückt, sollten sie als Viergespann in unvergänglicher Beständigkeit die sterbliche Rosenpracht durch die Unberechenbarkeit aller Unbill und Fährnisse eines ganzen Jahres sicher geleiten und an immerwährende Wiederkehr erinnern, wie Leuchttürme im unruhigen Meer der Gezeiten.

Die Jahreszeiten im Bild der Rosen

Noch ganz umweht vom süßen Duft der Einen, lässt Ahnung mich zur Nächsten eilen und lässt im Wohlgeruch der Fernsten mich steh'n beim Weitergehen, heißt mich verweilen im Erinnern und Einkehr suchen in der Rückkehr Wiederkehr.

Der Frühling
Als Erster zierte der minnende Frühling, als Amor verkleidet, die unterste Stufe der Treppe, nicht ohne zuvor noch einen besonnten Abschiedsblick auf das gegenüberliegende Standbild zu werfen, das des Winters Einsamkeit verkörperte. Am Neujahrsmorgen hätte ich ihm am liebsten eine blühende Christrose in den frierenden Schoß gelegt, damit er sich nicht so verlassen fühle vom warmen Leben. Aber vielleicht träumte er auch von eigenen Winterfreuden, vielleicht wollte er sich verbünden mit den zurückgeschnittenen, winterlich kahlen Rosensträuchern, die wie ein kriegerisches Söldnerheer mit spitzen Dornen auf nackter Erde ausharrten, einen ganzen kalten Winter lang. Wenn dann im Frühjahr die ersten grünen Blättchen an den Rosenstöcken sich ins Licht schoben, um sich in der Sonnenwärme immer mehr zu entfalten, glaubte ich stets einen rötlichen Schimmer auf ihren Blattadern zu sehen, als wollten sie in einer letzten Leidensspur an die gärtnerische Kastration beim herbstlichen Rückschnitt erinnern und sich zugleich einem beginnenden Initiationsritus unterziehen. Dabei ließen sie mich an Strawinskys schmerzlich-lustvolle Symphonie „Le sacre du printemps“ denken mit ihren archaischen Stimmungsbildern, in denen er niemals vollzogen wurde, der Schnitt zwischen Leben und Tod, zwischen Opfer und Weihe, sondern als ein musikalisches Mysterium im Liebesmahl sich mit der Todesfeier kultisch einte.

Der Frühling als ein dem wiederkehrenden Leben zugewandtes Gegenbild des strengen Winters zeigte sich als halbnacktes Eros-Knäblein in der Tracht eines bäuerlichen Jagdgehilfen mit Pfeil und Bogen behangen, als wolle es die lieblichste aller Rosenknospen mitten ins blumige Herze treffen, damit sich ihr Traum von Liebe und Lust im Vergehen erfülle. Und schon schlang sich die eine, die zuerst getroffene Rose wie einst Psyche um den aufgestellten Bogen, golden bemalt mit der Farbe der Unsterblichkeit, um ihm noch im Untergang auf ewig nahe zu sein. Wie in jedem Jahr wurde der liebeshungrige Amor auch in diesem Frühling von jedem der flügelnden Falter begehrt, die sich auf den Poren seiner steinernen Haut niederließen, um deren gespeicherte Sonnenwärme zu tanken, als neue Lebenskraft für alle leidenschaftlichen Tage und kühlen Nächte ihres kurzen

Lebens. Mir aber schien es, als ob sich in seinem irdischen Standbild auch die ganze Tragik des Lebens widerspiegeln wollte, wenn er wie ein Greisenkind, wie ein zurückgebliebener Zwerg mit ausgewachsenem Kopf, den Leib nur halb verhüllt, seinen Liebesbogen spannte, während sein welterfahrener Blick prophetisch in die Zukunft schaute, wohl wissend um Los und tödliches Schicksal der ewig gaukelnden Schmetterlinge.

Doch noch ließ sich inmitten des verwehenden Duftes von aufgeblühten Heckenrosen, die in rosig angehauchtem Wolkenweiß auf ihrem grünen Blättergewölbe, wie aufgestickte Zierfalter fest verwurzelt saßen, alle vergängliche Zeit verträumen, ehe sie wieder enteilte. In den Mittagsstunden wurde der zurückhaltende Wohlgeruch der kleinen Strauchrosen oft überdeckt von dem betörenden Duft der dunkelroten, dicht gefüllten Kletterrosen, die jeden Spalt am hölzernen Spalier wuchernd und windend wieder füllten und doch genügend Raum schufen für mancherlei Fragen und wandernde Gedanken:

Waren sie sich nahegekommen in diesem Rosengarten, der an seiner unerfüllten Liebe und Besitzgier leidende Laurin, der König der Zwerge aus den Dolomiten, und der barfüßige Amor aus dem Olymp der griechischen Götter, dessen Pfeile zugleich verwunden und heilen konnten? Und wem war es näher, das allegorische Standbild des Frühlings, dem Winter, dem Letzten im Jahresreigen mit seiner Todeskälte, nur durch die Stufen der Treppe, wie dem Wandel der Zeit, von ihm getrennt?

Oder war es der hitzige Sommer mit der aufsteigenden Sonne, welche die volle Lebenskraft in allen Geschöpfen entzündete, zu deren Höhe die Sehnsucht des Eros-Knaben aufschaute, wohl ahnend ihren Niedergang und baldigen Abstieg vom Zenit? Und war die göttliche, die unergründliche Liebe eines Amors wahrhaftig und stark genug, um sie alle wieder zu einen, die durch den Sonnenstand getrennten Jahreszeiten? Waren es in der Wirklichkeit einer auf- und absteigenden Treppe, wie eine himmlische Jakobsleiter, nicht immer zwei Gestalten, die sich gegenüberstanden oder entgegenkamen, wie Liebe und Hass, wie Tod und Leben mit Anfang und Ende? Und waren sie nicht alle ergänzungsbedürftig, diese gegensätzlichen Kräfte des Lebens, um im Widerspruch ihre Einheit zu finden?
Mitten auf der Treppe stehend, konnten meine Augen niemals alle vier im Symbol erfassten Jahresgestalten zusammen wahrnehmen. Und dabei musste ich an den Kirchenlehrer Thomas von Aquin denken mit seinem paradiesischen Himmelswunsch, alle Jahreszeiten gleichzeitig in einem einzigen überirdischen Mit- und Ineinander wie in einem Atemzug zu erleben. Ein Hoffnungswunsch, der jenseits aller fließend vergänglichen Zeit sich allein im Angesicht einer zeitlosen Ewigkeit erfüllen ließ, die alle Trennungen, alle Verluste und Tode des irdischen Daseins in der Einheit des Augenblicks überwinden konnte wie die keusche Rose der Unsterblichkeit.

Der Sommer
Die steinerne Putte des Saturns, dem römischen Gott der Fruchtbarkeit und des Ackerbaues, hinter dem sich auch der Schnitter Tod als Sensenmann verbarg, wollte den ganzen Sommer einfangen, ihn halten und wieder ziehen lassen. Als Statue hatte er hier schon seine Maske als fröhlicher Landmann abgelegt und enthüllte sein Janusgesicht. In seinen Armen und Händen aber hielt er noch beides zusammen, das wachsende Reifen des aufsprießenden Kornes, mit der Erntekrone geschmückt, auf die sich seine Hoffnung stützte. In der anderen Hand aber trug er die rundgebogene Sichel, an das Bild des fast vollen Mondes erinnernd, der wieder abnimmt, wenn die tödliche Sichel die gefüllten

Ähren zu Boden fallen lässt, um den Kreis von Tod und Auferstehung zu schließen. Sein schattender Hut war mit einem Kranz aus Rosenblüten bebändert, die durch den hintergründigen Schwund der Zeit immer mehr im Stein versanken, als ob sie, noch im Leben weilend, schon verbleichten. Und die halb geschlossenen Augen in dem ernsten Gesicht schienen darum zu wissen, wie auch die zum Strohhut erhobene Hand, um ihn zum Abschiedsgruß zu lüften. Wollte er damit auch auf die von Rosenstöcken umkreiste Sonnenuhr in seiner Nähe verweisen, mit den in Stein gehauenen Ziffern, auf die schon die ersten herbstlichen Schatten und verwelkte Rosenblätter fielen?

Der Herbst

Mehr Knabe als Gott wollte die herbstlich geschmückte Putte sich doch als Bacchus zeigen und schien dabei so ganz dem Rebensaft und seinen Trauben verfallen, die wie Locken mit ihm verwachsen über seine Ohren herabhingen, um ihm den Abgesang zu blasen, mit Kehraus, Jagd und edlem Trank. Darüber thronte ein welkendes Weinblatt wie eine gefräßige Spinne der zerbrechlichen Zeit mitten auf seinem Hut und ließ sein Gesicht beinahe darunter verschwinden. Allein eine kaum mit seinen Händen zu haltende Riesentraube schien seiner göttlichen Bedeutung gewachsen. War es die eine, die letzte Traube des abnehmenden Jahres, in deren dunkelrotem Beerenblut sich feuriger Rausch und göttliche Ekstase für die von Pandoras Geißel heimgesuchten Menschen bewahrt hatten? Gelehnt an einen verschlungenen Rebstock mit vielen Knoten aus überwundenen Wachstumskrisen, blickte der wehmütige Knabe zur Erde und dem baldigen Abstieg entgegen, als wolle er noch trinken letzte Wurzelkraft und kannte doch nicht Trunkenheit und Tod, Fülle und Leere des Bechers beim Gelage seliger Zecher, wenn sie unter zerstreutem Gelächter sich ganz der Wonne und dem Weine hingaben beim bukolischen Mahl. Vor seinen nackten Füßen aber blühten noch immer die späten Rosen des Sommers.

Der Winter

Wie ein Kind noch an Jahren ruhte die allegorische Gestalt des in Steingrau gealterten Winters am knorrigen Stamm einer sich unter der Last des Schnees biegenden Tanne und schien doch so einsam und vom Leben verlassen wie ein alter Mann. Geduckt und ganz in sich hineingesunken, um seine frierende Außenfläche zu verkleinern, dieweil er nur spärlich gewandet war, versuchte er sich mit Muff und felliger Mütze zu wärmen und von den herabhängenden Zapfen an den Zweigen gegen Eis und Kälte schützen zu lassen, um den Traum von sonnigeren Tagen in seinem Herzen weiterzutragen, und harrte doch aus in der Härte und Not des eigenen Loses. Und dabei war er als einzige der Putten ohne himmlischen Beistand aus dem griechischen Götterhimmel, denn selbst die Olympier fürchteten die frostigen Nächte des Winters. Wie gerne hätte ich ihm Hermes beigesellt, den jugendlichen Boten der Götter und als Reisegeleiter ein wahrer Seelentröster. Allein die fallenden Flocken vermochten

sich seiner zu erbarmen, hüllten ihn ein, bedeckten ihn mit einem Pelz aus schneeigem Weiß und umsäumten seine frierenden Träume mit einem Federkleid, damit sie fliegen konnten, wohin sie ihr sehnendes Herze trieb. Schon fast verloren in jenseitigen Gedanken, galt sein letzter Blick noch dem fest gemauerten Wasser-becken gegenüber, welches die Wirklichkeit niemals verlassen konnte. Auf seiner weichen Mütze aber blühten die weißen Rosen aus Schnee und rundeten sich zu einem vergänglichen Kranze der Wiederkehr, ohne Anfang und ohne Ende.

Das Wasserbecken, ein Ort der Verheißung und Erfüllung

Unauffällig war das kleine Becken eingefügt in eine aus unregelmäßigen Feldsteinen erbaute Trockenmauer, die im Sommer von Farnwedeln, Mauerpfeffer und mancherlei vergessenen Gräsern behangen war, die wie grünende Scherenschnitte und gelbliche Zackenraupen in den Himmel stachen oder im Herbst als fallendes Haarkleid die Steine überwucherten. Zur Winterszeit, wenn die Mauer beschneit war, lag es wie zum überirdischen Trost in einem weißen Bett aus reinem Schnee, dem gefrorenen Wasser aus den Wolken, während sein eigener Zustrom gedrosselt war, um Einfrierungen und Rohrschäden vorzubeugen. Dafür leuchtete das von der überstehenden Mauer bedeckte, schneefreie Becken in azurblauer Farbe, wie ein Meeresauge, das vom Himmel gestürzt war. Über ihm erhob sich ein glänzender Wasserhahn aus Messing mit einem aufgemalten Federschweif, der ihm die hoheitsvolle Bedeutung eines Turmhahns verlieh, dem er sich besonders nahe fühlte, weil er trotz goldener Federn

seinen bleiernen Standort nur in seinen Träumen verlassen konnte. Der liebe kleine Wasserhahn aber strahlte und glänzte den ganzen Winter wie eine vergessene Jugendstilschönheit in einem tiefblauen Meer versunkener Träume, dessen Leuchtkraft sich durch das Winterweiß noch weiter steigerte bis zu seiner illusionären Vollendung. In den Sommermonaten aber blieb ihm so gar keine Zeit unerfüllten Sehnsüchten nachzutrauern, weil er allzeit den durstigen Wünschen der ausgelegten Schläuche nachkommen musste, die wie eine Riesenschlange, eine gefräßige Kobra über die ausgetrocknete Erde bis zum Becken hochkroch, um sich den Bauch mit kühlem Wasser zu füllen. Wie ein weithin erkennbares, aber unausgesprochenes Gebot durchschlängelte sie auch diesen Paradiesgarten und forderte den Besucher bei jedem Schritt und Tritt zur Achtsamkeit auf, um lästiges Stolpern zu vermeiden, besonders, wenn man

es vergessen sollte, auch auf den Boden zu schauen, weil man allzu sehr mit den Augen den immer höher drängenden Kletterrosen folgte, die sich im Steigen nicht genugtun konnten, nachdem sie ihren Durst gestillt und sich mit dem üppigsten Rot gesättigt hatten, das weithin sichtbar leuchtete, wie die kleinen Öllämpchen, die an Allerheiligen die Gräber der Verstorbenen mit dem Abglanz eines roten Lebenslichtes wärmen und jenseits aller Todeswahrheit durch erinnerndes Gedenken trösten sollten.

Rote Kletterrosen – weiße Heckenrosen

Die immer weiter wuchernden Kletterrosen aber schienen randvoll gefüllt mit Lebensfreude voll sinnlicher Lust und schlossen alle Blütenblätter so eng um ihren Kelch, dass sie sich selbst schützten und bis zu ihrem Blätterfall jeden Einblick in das Innere verwehrten. Beim Höhersteigen überwog in ihnen der Wunsch des Augenblickes so sehr, dass sie die Begrenzung durch die hölzerne Sprossenwand, die wie ein Gitter sie vom Fehl- und Überwuchs abhalten und ihnen Richtung weisen wollte, nicht mehr wahrnehmen konnten. Auch das Gespür für Endlichkeit und Maß der eigenen Kräfte war ihnen abhandengekommen, denn schon mussten sich die obersten Zweige, die bis in den Himmel wachsen wollten, wegen des Gewichtes ihrer Blütenköpfe wieder ermattet zur Erde neigen, nachdem sie den hölzernen Halt verlassen und das Gesetz der Schwerkraft missachtet hatten. Mir aber schien es, als würden sie zärtlich zitternd mir zuwinken, mich locken und rufen nach einem Irgendwo, welches ohne Weg und Steg in eine abgründige Tiefe führen wollte. Und ich fragte mich, ob es wohl ein zurückgebliebenes Reich der Zwerge war, das als Schattenbild jedem Berg- und Himmelsbesteiger begegnen kann, wenn er sich in der Maßlosigkeit seiner

Ansprüche verstiegen hatte? Vielleicht aber wollten sie sich nur im Unerreichbaren verlieren, die empor sich windenden Rosen, um so die Ganzheit ihres eigenen Wesens zu finden, dem sie lebenslange Treue geschworen hatten, in Lust und Leid bis zu ihrem frühen Tod. Zärtlich spielte der leichte Sommerwind mit den sich neigenden Zweigen, als ob er sie zum Tanze laden und gefällig machen wolle, um sie mitzunehmen auf seine Reise um die ganze Welt. Und dabei war es doch ihr innigster Herzenswunsch, in hellen Vollmondnächten dem Zauberlicht des Mondes an Ort und Stelle zu begegnen, um Aug in Aug sich dessen zu erfreuen, der sich am Tage ihrer duftenden Nähe entzog. Denn in ihrem geliebten Überschwang suchten sie, einem Traumwandler gleich, im Möglichen stets das Unmögliche.

Nachher fragte ich mich wieder, wie schon so oft, wer sie wohl in Wirklichkeit war, diese von Jahrhundert zu Jahrhundert sich entfaltende Wunderblume, die durch alle Kulturen und Religionen den Zauber ihrer Schönheit nicht verlieren und doch Sonne und Mond niemals erreichen konnte, auch wenn das Ausmaß und die Heftigkeit ihrer Sehnsüchte bis ins Unendliche reichten und die Süße ihrer duftenden Träume wie eine Weihrauchwolke empor zu den Gestirnen stieg, damit sie sich im Wohlgeruch verlieren konnten. Doch kein Sternlein fiel

vom Himmel, nicht einmal eine winzige Sternschnuppe verlöschte auf der dunklen Erde. Nur in den Herzen und Sinnen der Menschen wurde der edle Rosenduft immer weitergetragen, ihr Stock und Stamm von hurtigen Händen überall gepflanzt, gepflegt und gezüchtet, von Tag zu Tag und von Jahr zu Jahr, so dass die einst von Persien Ausgewanderte sich langsam die ganze Welt eroberte, die ihrer Schönheit, die jedes Abbild, jedes Kunstwerk übertraf, eine fast göttliche Verehrung entgegenbrachte. Vielleicht, so dachte ich, war dies das Geheimnis ihres Wesens, dass sie im Verströmen ihres lieblichen Wohlgeruches sich selbst verschenkte und dabei doch ihr Eigensein bewahrte. Und nur so konnte sie zu einem Sinnbild der Liebe, der irdischen wie der himmlischen, werden und in der Marienlyrik auch jenseits des Mittelalters weiterblühen. Am meisten aber wurde sie von den Träumen der Menschen und ihren Sehnsüchten geliebt und von ihrem Glauben an Wiederkehr und Auferstehung am Leben gehalten, damit sie auf ewig blühe und dufte auf den Gräbern der Toten und in den Herzen der Lebenden.

Doch manchmal wollte mein Verstand, unersättlich wie ein habgieriger Zwerg, noch mehr erfassen von dem Geheimnis der Rose, wie der kleine Prinz aus der Erzählung von Antoine de Saint-Exupéry. Ich wusste es:

In allen ihren Farben und Formen, ihren Gestalten und Bildern war eine Rose eine Rose und mit sich selber eins. Aber wann hörte sie auf, eine Rose zu sein? Wenn ihr Duft verströmt, ihre Farbe verblichen, ihre Blütenblätter verwelkt und abgefallen waren? Oder wurde sie erst zu einem Rosenwunder durch den Glauben der Liebe wie bei der heiligen Elisabeth, der frommen Landgräfin aus Thüringen? Wer konnte dies wissen, wer konnte es glauben? Vielleicht ahnte es der kleine Vers aus einfachem Gemüt, wenn er reimte: Rosen auf den Weg gestreut und des Harms vergessen, eine kurze Spanne Zeit ist uns zugemessen. Oder war es allein der Wind, das himmlische Kind, das es in seinem lebendigen Atem noch zusammenhielt, das Wunder der auseinanderfallenden Rose, selbst wenn ihr Wohlgeruch schon entwichen, die Schönheit ihr schon erstorben war?
Im Rosengarten aber wurde es an jedem Tag von neuem gelebt von jeder einzelnen Rose, das verborgene, das entschwundene Geheimnis, wenn ihre Knospen sich öffneten, um Eos als rosenfingrige Morgenröte, wie sie einst von den Griechen besungen, wieder zu begrüßen nach ihrer Rückkehr aus dem Schoße von Hypnos, dem Gott des nächtlichen Schlafes. Verbarg es das zarte Heckenröslein im buschigen Strauch, stets auf der Flucht vor naher Berührung? Nur wenn es sich in den sanft säuselnden Wind schmiegte wie ein unschuldiges Haremskind, ließ es das offen auf seinem Blütenteller liegende Liebesgeheimnis ahnen, in der holdseligen Hoffnung,

dass er es nicht vor der Zeit entblättere und entblöße, wenn er seine verschlüsselte Sendung mit sich forttrage, zum Himmel hoch und wieder nieder auf die nackte Erde, die seiner so sehr bedurfte. Noch konnten die herzförmig eingekerbten, weißen Blütenblättchen, nur fünf an der Zahl, wie ein Pentagramm, und durchschimmernd wie seidene Fähnlein das Innere als ihren Seelengrund behüten: den grünenden Stempel voller Lebenssaft, aufgerichtet wie ein glimmender Docht inmitten eines Kranzes von reifen Staubgefäßen, die sich gleich einer Erntekrone aufgestellt hatten, um wie Fäden der Liebe die nektarhungrigen Bienen, Hummeln und Falter, ihre Befruchter, anzuziehen. Und doch war das zarte Heckenröslein zugleich keusch und ebenso verschwiegen wie eine Nonne, wie ein Gelübde im Zeichen der Rose. Denn nur so konnte das ihr eingeborene Mysterium den Tod überdauern, ihre Sehnsucht nach Sonne, Wind und Sternen überleben und im Glanz des Mondes in der Tiefe der Nacht sich erfüllen. Und der Wind, der lüsterne, der aufwiegelnde Wirbelwind, konnte er die Botschaft der Liebe vernehmen und den Duft ihrer Sehnsucht einatmen, der so stark war, dass er alle ihre Blütenblättchen durchzog, die sich wie weiße Glaubenssegel in seinem Wehen blähten, damit er sie bis zum Hafen ihrer Hoffnung blase in seinem ruhelosen Stürmen und Brausen durch alle steigenden Lüfte und aufschäumenden Meere der Welt?

Nachdenklich überlegte ich, wie aber wollte sie von mir gesehen werden, die in lauterem Weiß leuchtende

Rose am dornigen Strauch, um noch vor ihrem baldigen Entblättern erkannt und geliebt zu werden? War sie dem himmlischen Äther geweiht in ihrem reinen Wolkenweiß, war sie ein irdisches Abbild des englischen Grußes, bevor sie, von Schmetterlingen bestäubt, sterbend wieder zur Erde zurückkehrte? Und ich sah in ihrem Antlitz sich spiegeln die Jungfrau, die Lilienweiße, und später im blühenden Rosenhaag die Madonna, die Himmelskönigin mit dem neugeborenen Kinde, das eine goldene Kugel in seinen Händen hielt, die immer größer wurde und weiterwuchs, bis sie das ganze Weltall mit ihrer Liebe umarmte. Dann opferte sie ihren goldenen Glanz und wurde durchsichtig wie eine gläserne Kuppel aus Kristall, voll kalligraphischer Symbole und kabbalistischer Zahlenrätsel, die sich zu einer verschlüsselten Botschaft zusammenfügten, deren Sinn und Auftrag nur das königliche Kind begreifen und verkünden konnte, während alle Schriftgelehrten verstummten.

Die auf Goldgrund gemalten Madonnenbilder des Mittelalters, die jahreszeitlichen Marienfeste und die feinsinnige Marienlyrik, waren sie die Wurzeln und Blüten, die das Glaubenswunder des ewigen Lebens wie eine Rose weitertragen wollten, zwischen Sein und Nichtsein, ein Doch-Sein inmitten der Nacht des Nichtseins? War es allein in Symbolen, Metaphern und gemalten Bildern zu fassen, die sich verschlangen zu dem Rosenkranze und der Dornenkrone, die den Himmel und die Ewigkeit berührten?

Blühende Rabatten, Rondelle und berankte Bögen

Wieder dem Erdreich zugewandt sah ich, dass jedes Jahr ein anderes Ordnungs- und Gestaltungsprinzip die Gartenplanung bestimmte oder im Vordergrund stand. Um ein prächtiges Rosenrondell im quadratischen Mittelfeld legten sich die rechteckigen, von lila Lavendelblüten und steifem Buchs eingefassten Rosenbeete, um wie die Himmelsplaneten um die Sonne zu kreisen und des nachts sich vom Licht des Mondes bescheinen zu lassen, wenn der Anblick des Firmamentes ihnen alleine gehörte. In ihrem irdischen Zentrum aber stand eine gefällige Sonnenuhr aus glänzendem Metall, die wie ein wiedererstandener Roi de Soleil die Gunst ihrer täglichen Stunden huldvoll teilen wollte mit all den rosigen Maitressen.

Manchmal jedoch wurde die geometrische Strenge der Rosenfelder etwas gelockert oder gar durchbrochen durch zaghafte Übertretungen von unerwünschten Sommerpflanzen wie wilden Mohn- und Malvenblüten oder von unauffällig Namenlosen und mancherlei Gewächsen, die wie die Blümlein des Franziskus nur noch weiter dem Leben entgegenblühen wollten und bislang der gärtnerischen Sorgfalt entgangen und manchmal sogar weitersprießen durften als geduldetes Unkraut, das am falschen Ort und zur falschen Zeit aufgegangen war. Aber meist waren es ihrer zu wenige, um in ihrer verhaltenen Bescheidenheit in die Gedankenwelt der Gartengehilfen zu gelangen oder ihre Aufmerksamkeit für sich zu beanspruchen.
Ein geordnetes Vielerlei an Variationen von Farben, Form und Wuchs, von Größe und Gestalt, von Entfaltung und Reifungsstand entsprach dem zugrundliegenden gärtnerischen Entwurf, der in einem wohldurchdachten Wechselspiel, manchmal schachbrettartig oder bei besonders edlen Züchtungen als in sich selbst gegliederte Einheit bepflanzt war, so dass es auf mich mitunter wirkte, als würde ein ganzer Reitstall edler Rassepferde, feuriger Araberhengste und unbefleckter Schimmelstuten, aufgezäumt zum ritterlichen Turnier unter einer glühenden Sonne des Mittags, die jeden willkommenen Regenguss bereits beim ersten Tropfenfall wegbrannte, so dass allabendlich die Bedeutung des schwarzen, mit Wasser gefüllten Schlangenleibes zu

einer Riesenboa anschwoll. Daher lag auch der wahre Wettstreit nicht in einem äußerlichen Buhlen der Rosenschönen um Gunst und Gefallen der Betrachter, sondern richtete sich auf Reihenfolge, Dauer und Menge beim Begießen durch die pflegerischen Kräfte, die wie fleißige Stallknechte für Recht und Ordnung sorgten, um Rosen, Ross und Reiter zufriedenzustellen. Und manchmal konnte ich mit geschlossenen Augen noch ein träumendes Flügelross in einem entlegenen Winkel wahrnehmen, das als Pegasus in die Lüfte stieg, um die unter ihm liegende Welt der Rosen mit dem Samen seiner fantastischen Künste zu befruchten.

Farbenvielfalt und Formenreichtum

Im gleißenden Licht des höchsten Sonnenstandes in einem wärmedurchströmten Venusjahr war es eine ganze Flut von blühenden Rosen, selbstvergessen ihrem verfänglichen Zauber und Farbenspiel ergeben, die mich umspülte, bis sie schließlich in einem roten Farbenmeer endete, so dass ich mich haltsuchend der umrandeten schwarzen Beschriftung der einzelnen, farbensprühenden Exemplare zuwandte; dabei wohl wissend, dass ich ihre Namen alsbald wieder vergessen würde, die Gängigen wie die Ungewöhnlichen, die sich darum zu streiten schienen, wer allein die Fackel des olympischen Feuers weitertragen dürfe angesichts der vielen, wetteifernden Neuzüchtungen. Oder mussten sie den Sieg im alljährlichen Rosenkrieg wieder den überlieferten, den altertümlich englischen Arten überlassen? Jedoch das Wechselspiel von pastellener Verhaltenheit und pulsierender Farbenglut, von Tönung, Stimmung und Schattierung, von Nuancierung, Spannung und Kontrastierung würde seinen Platz in meiner Erinnerung für lange Zeit behaupten können, auch wenn alle Namen wie eine überflüssige Bemäntelung von den Blühenden schon längst abgestreift und überwachsen waren. Allein das Nachbild einer einzelnen,

abseits blühenden Rose, deren dunkelviolettes Rot bei Eintritt der Dämmerung in den Farben des Abendhimmels verfließen wollte, blieb in meiner Seele haften, noch ehe die Nacht ihre schwarzen Schleier über alle Farben und Formen breitete, damit sie wieder in ruhender Gleichheit und gelassener Brüderlichkeit bei sich selbst einkehrten.

Aber schon am nächsten Morgen ging die Sonne wieder auf über all den schlummernden Rosenkindern, um die noch im Schlafe Ruhenden wieder zu erinnern an ihre stämmige, buschige oder kletternde Gestalt als edle Stockrose, als hängende Rosenampel oder hochrankend am steigenden Spalier und dann wieder schwankend in zierlichen Schaukeln wie verspielte Violinschlüssel gebogen für die zärtlichste aller Rosenserenaden. Bisweilen jedoch wirkten all die Rosenjungfern wie gefeierte Schauspielerinnen, wie angebetete Primadonnen, die jedem Besucher prahlend und Bewunderung heischend zuwinkten, sich brüsteten und spreizten, um von jedem flanierenden Rosenkavalier, jedem schüchternen Rosenritter als einzige Geliebte entdeckt zu werden.

Im Namen der Rose

In der Benennung und Beschriftung der jeweiligen Exemplare aber kamen sie alle wieder zusammen, die verschiedenen Rosenarten und die einzelnen Blüten, die Blumenzüchter und die Gärtner, die Wissenschaftler und die Rosenliebhaber, die Künstler und die Forscher und all die vielen, die sich um sie bemühten und in ihren Diensten standen. Nicht zu übersehen waren auch die gierigen Räuber aus der Pflanzenwelt, die großen und die kleinen Rosendiebe, allen voran der schillernde Rosenkäfer, in seinem grüngoldenen Panzer jeder Rosenschönen ebenbürtig, und die Vielzahl der winzigen Blattläuse und Ameisen, bei denen der Einzelne seine Einmaligkeit schon immer eingebüßt hatte, ganz im Gegensatz zu seinem begehrten Opfer. In ähnlicher Weise verloren die einzelnen Blumennamen in meinem Gedächtnis allmählich wieder an Rang und Ansehen. Auf dem Gebiet der Namenswahl und Zuordnung reduzierte sich mein Wissen bald wieder auf nur wenige geläufige Namen, während ich vor allem über die Weite des Spannungsbogens staunte, die vom tausendjährigen Rosenstock und der hundertblättrigen Rose *(Rosa centifolia)* bis zur gemeinen Hundsrose *(Rosa canina)* reichte und alle die dazwischen angesiedelten Arten und Sorten von Rosengewächsen umschloss. Und war nicht auch dies ein buchstäbliches Wunder, dass

sie alle wieder zusammenkommen konnten unter dem Namen der Rose?

Langsam kehrte ich wieder zurück zu den Rosen selbst, um mich den jedem Namen entwachsenen Schauspielern auf der Rosenbühne noch einmal zuzuwenden. Die etwas höher gelegenen Spaliere für die rot gefüllten Kletterrosen und daneben die frei wachsenden Heckenrosen in ihrem schlichten Weiß, die zusammen wie blühende Girlanden die Rosenbeete nach außen umrandeten, schauten in wohlwollender Distanz auf das vor ihnen liegende Rosenmeer herab, in dem auch Rosenromantik und Rosenduell noch wie belebende Fischchen ihren Platz fanden.

Lauschige Lauben und Wandelgänge von Rosen umschlungen

Fernab von aller Rivalität bildeten die aufstrebenden Spalierrosen mit den bescheidenen Heckenrosen in einmütiger Geschlossenheit einen schattenden Laubenweg, der wie ein klösterlicher Kreuzgang, wie eine lebendige Säulenhalle zum Promenieren, Meditieren und mit seinen weißgestrichenen Bänken zum andächtigen Schauen und sinnenden Verweilen einlud. Versonnen betrachtete ich von einer geschwungenen Ruhebank aus, die eher einem verlassenen Musensitz glich, noch einmal die friedfertigen, in ihrem schlichten Weiß ganz nach innen gewandten Heckenrosen und die ehrgeizigen, so ganz in die Außenwelt gerichteten, rot leuchtenden Kletterrosen, in deren Absicht es jedoch nicht lag, sich gegenseitig den zugewiesenen Raum streitig zu machen, die jeweils in großmütiger Rücksicht nebeneinander aufwuchsen und in heiterer Harmonie miteinander lebten wie die beiden Märchenkinder Schneeweißchen und Rosenrot. Auch der überall wehende Windgeselle schien an ihre geschwisterliche Eintracht zu

glauben, wenn er, wie ein Schankwirt, die abgefallenen Blütenblättchen der beiden wieder mischte wie klares Wasser und roten Wein. Dennoch, es gab auch ins Auge springende Unterschiede: Das zartfühlende, leichtgewichtige und ungefüllte Heckenröslein, allzeit Windspiels Lust und Beute, das sich deshalb so gerne ins eigene Innere zurückzog und seines baldigen Endes gedachte; und dagegen die vollen Kletterrosen, stolz geschwellt und begehrlich gewölbt von Sinnlichkeit und Lebensdurst, die ihr Verlangen so ganz nach draußen lenkten, sich bedenkenlos dem blühenden Dasein anvertrauten und alle Hürden übersteigen wollten, um zwischen Knospen und Reifen den Himmel zu erreichen, bevor sie verblühten.

Die vier Putten und der Zwerg

Röslein weiß und Röslein rot – wer wohl schöner war und mir näher stand? Aber bevor ich wählen konnte, sah ich auch ihn, den bösen Zwerg, der wie ein abtrünniger Ungeist, wie ein verfluchtes Rumpelstilzchen zwischen die jahreszeitlichen Putten, die liebreizenden Amoretten gefahren war, um Missgunst, Streit und Neid zwischen ihnen auszusäen, die ihm äußerlich, in kindlichem Wuchs und mangelnder Größe doch so ähnlich waren. Sein spannenlanger weißer Bart, der bis zum Boden reichte und ihm das Liebste war auf Erden, wallte undurchdringlich an ihm herab, bevor seine Spitze sich spaltete und den Boden berührte. In seiner Märchennot jedoch musste er sich Elle um Elle trennen von diesem Symbol unterirdischer Macht, als es der Schere zum Opfer fiel, um dem boshaften Wicht das nackte Leben zu retten. In seiner Missgestalt war er ein hässliches Negativbild, ein Zerrbild wahrer Schönheit. Auch in seiner Seele und seinem Charakter zeigte er sich als ein engbrüstiger Kleingeist und in seiner feixenden Selbstbezogenheit als Gegenspieler echter Menschlichkeit. Doch während er als Bösewicht nicht selten einen dämonischen Erdgeist darstellen musste, traten die heiter lächelnden Putten seit der Antike gerne als anmutige Liebesgötter, als Amoretten auf, bis später die Kunst des Barocks und Rokokos sie in Engelsputten verwandelte, deren christliche Seele sich auf Flügeln zum barocken Himmel emporschwang, der sich inzwischen mit rosigweißen Schäfchenwolken die Kirchen erobert hatte. Musizierend und jubilierend zogen sie ein in die frommen Gemüter der Gläubigen und vertrieben dort allerlei Gesindel, wie Zwerge, Riesen und Rattenfänger, die ab nun in der Welt von Sagen und Märchen wie in einem unterbewussten Schattendasein ihre Lebensaufgaben erfüllen mussten. Die heidnischen Putten aber hatten sich danach in die Welt der bildenden Künste zurückgezogen, wo sie besonders als Amorstatuen den Betrachter an die Macht der Liebe erinnern

wollten, die allzeit und überall waltet. Im Rosengarten aber zeigten sie sich in den Allegorien und Skulpturen der Jahreszeiten, die es leibhaftig vor den Augen des habsüchtigen Zwerges vollzogen: das Weitergeben und Weiterleben im Aufteilen des geschlossenen Jahreskreises. Und noch einmal schien sich hier in der Abgeschiedenheit des Gartens wie in einem *hortus conclusus* eine Wandlung und heimliche Versöhnung von heidnischem und christlichem Gedankengut zu vollziehen, zum Wohle der Menschen und im Schoße der alle ihre Geschöpfe in Weisheit und Geduld tragenden Mutter Natur.

Des Gartens jüngste Rose aber, die blühte, um zu blühen, sprach zum verwunschenen Zwerg: Ich kann erlösen Dich, den Himmel Dir erschließen, wenn Du mir folgst, mit Willen Dich verschenkst und einem Falter gleich Dich trennst von allem, was Dich bindet an Erdengeist und Schwere.

Das Mosaik der gefallenen Blütenblätter

Ich aber wollte das Andenken an die im Verbleichen und Verwelken so unendlich zart und zerbrechlich scheinenden Rosenblättchen bewahren, die sich als Gefallene im Spiel des Windes zu lauter Mosaiksternchen legten, aus denen tausend neue Blümlein wie auf gestickten Tapisserien erwuchsen, die sich unter jedem belebenden Lufthauch, jedem stürmischen Windstoß wieder neu gestalteten und wie von selbst ordneten, eine webende, eine wogende Kunsterschaffung, eine Schöpfung der Unendlichkeit, ohne auf den Fleiß von ermüdenden Händen angewiesen zu sein. Es war eine lustvolle Quelle gestalterischer Inspiration, die erst im Winter unter Eis und Schnee versiegte. Wie ein vergängliches Vermächtnis erinnerte es mich an die verschwundenen, aus Blüten und Blättern ausgelegten Prozessionsteppiche an Fronleichnam. Und wie ein hinfälliges Mahnmal gegen gedankenloses Vergessen lag es nun unberührt vor meinen Augen, bevor der Wind es wieder aufnahm und in alle Welt verwehte.

Die Suche nach der Einen

Angesichts der weitgefächerten Blütenpracht wuchs in mir immer mehr der Wunsch, mich wie ein Schwanenritter auf die Quest zu begeben, um die einmalig Einzige zu finden, die allein mir entgegenlächelte, damit ich ihr Geheimnis entdecken möge unter all den vielen. Sinnend, zweifelnd und ruhelos wie ein im Schlafe aufgescheuchter Hase, zwischen Gras und rotweißem Klee hin und her hüpfend, lief ich auf den hellen Kieswegen zwischen den Rosenbeeten umher und ließ nicht nach im mühseligen Suchen, das immer mehr zu einem drängenden Erjagen einer edlen Hindin werden wollte. Versteckte sie sich unter den bauchig Gefüllten,

den kugelrunden, deren Blättchen farbenfroh schillernd sich wie Pluderhöschen aufblähten oder unter den duftend Weißen, die wie gehäkelte Spitzenhäubchen über geschlossenen Lidern sich auf ihren schlanken Stängeln vom Abendwind in den Schlaf wiegen ließen? Wo wuchs sie, die Ferne, wartend und sehnend, ohne dass meine blinden Augen ihre strahlende Reinheit erkennen und meine tauben Ohren ihre leisen Rufe vernehmen konnten? Stand sie inmitten der Rotglühenden, deren dunkle Färbung in ihrer Stimmung so schwermütig schaute, als hätten sie sich in ihrem eigenen Blut ertränkt? Oder weilte sie ungesehen unter ihren zartfühlenden Nachbarn, die, vom rosigen Hauch nur gestreift, mich an die langsam verblassenden Abziehbilder in einem alten Poesiealbum erinnerten, die aber allem Zeitgeschmack trotzend noch immer ihren unvergänglichen Wert des Gedenkens behaupten wollten im vorbeihastenden Leben? Vielleicht wollte sich die Ersehnte unter den noch halb geschlossenen Knospen einer altertümlichen Rosenblüte als Dornröschen verstecken, mitten zwischen all den Aufgeblühten, die wie anglikanische Adelsfräulein mit rosigem Gesicht und samtener Haut in gezierter Steifheit knicksten und auf das Erscheinen einer fremden Hoheit warteten? Oder verbarg sich die Unberührte in einer alabasterweiß schimmernden Rosenglocke, wie eine altertümliche Lampe ganz durchglüht von der Seligkeit ihrer eigenen Schönheit? – Vielleicht ja, vielleicht nein, hatte die Geheimnisvolle, die von mir Gesuchte sich schon

zurückgezogen dorthin, wo niemand sie vermuten wollte, zu den safrangelb Gepuderten oder in Orangenrot prangenden Rosenmädchen aus der Freudengasse, die noch immer auf einen Wunschgemahl aus Übersee, einen Teeprinzen aus dem fernen China hofften, damit er sich in farblicher Verschmelzung an ihrer Übereinstimmung ergötzen möge, bevor herbstliche Stürme den Rosenhimmel bewölkten und alle Blätter zerstreuten? Oder verbarg sie sich lieber in der Knospenden, die in kindlichem Erstaunen sich gerade öffnete und wie andächtig innehielt, um ihren süßen Duft einzuatmen und den feuchten Glanz ihrer Blüte mit allen Sinnen zu empfangen, die noch alles Begehr ungeküsst auf ihren rosigen Lippen trug? – Doch vielleicht wartete sie auf mich in ihrem Gegenbild, der Todesblassen, die sich erst im Verblühen so ganz dem zärtlichen Werben des Windes hingeben konnte, damit er ihr die Blütenblätter löse. Wie einst die griechische Göttin Iris, wenn sie als Botin des Todes der Sterbenden erst eine Locke abschneiden

musste, um sie fortzutragen zum endlichen Ziel. Und konnte allein der nirgendwo und niemals ruhende Wind die fallenden Rosenblätter dazu bewegen, die Antwort der Scheidenden auf die letzten Fragen beim Verwehen weiterzugeben an alle, die noch folgen würden? Oder lag ihr Geheimnis noch wohlbewahrt in der Tiefdunklen, die allen Abschied und alle Verluste schon vorwegnahm? Möglicherweise war das von mir gesuchte Rosenwunder gar selbst ausgewandert, geflohen gen Norden, und fristete dort fortan ein klösterlich zurückgezogenes Leben, um als liebreizendes Heidenröslein sich allein dem einfachen Leben zu widmen, wie ein Hirtenkind im Einklang mit der Natur und den weidenden Schafen; denn Ruhm und Bewunderung waren ihm im Laufe seines kurzen Lebens gar lästig geworden. Und wollte es auch mich lehren, seinem Weg zu folgen, der zu einem anderen, einem verheißenen Ziel führte?

Nicht mehr fragend, nicht mehr suchend und begehrend, spürte ich, dass sie sich nur finden ließe, die unsterbliche, die einzig geliebte Rosenknospe, die Prinzessin aus dem Märchen vom Jüngsten, dem Dummling und tumben Toren, der im Vertrauen auf seine Neigung ihr lieb und wert geworden war, noch ehe seine Worte ihrem Traum begegneten und er sich willig allen Prüfungen und Gefahren des Reifens und des zur Erlösung führenden Loslösens unterzog, im Wissen um eine innere Weisheit, die alle Geschöpfe zusammenführte zum Wohle des Ganzen und zur Freude aller.

Vergebens aber hielt ich Ausschau nach einer schwarzen Rose dunkelster Trauer, die es nirgendwo auf der ganzen Welt gab, vielleicht, weil sie allzu sehr verwurzelt war in der Nacht der menschlichen Seele, um mit einer Rose geteilt zu werden. Oder weil die Farbe der Mitternacht an die Schatten und die Schwärze des Verbrechens, an Verrat und Selbstbetrug, die teuflische Sünde wider die Wahrheit erinnern würde, indem sie sich gegen das Leben selbst richtete und so jeder Rose wesensfremd schiene und zuletzt den ganzen Garten Eden mit abgründiger Dämonie verseuchen, die Unschuld der Rosen vergiften und ihren Wohlgeruch verderben könnte. Und keiner blauen Blume der Romantik gelänge es danach das Rosenparadies wieder in seinen Urzustand zurückzuführen und ihm die verlorene Ursprünglichkeit noch einmal zu erträumen.

Im Weitergehen und beim Anblick all der vielen, der venusgleich Schönen, im Blühen Erstrahlenden und im Welken Verwundeten, fragte ich mich abermals, ob es sich wohl jemals finden ließe, das im Sein der Rose verankerte, ihm eingeborene Mysterium, das ihrem Wesen im Wohlgeruch entströmende Lebenselixier und der in ihrem Namen ertönende Aufruf zum Glauben an der Liebe Schönheit und der Hoffnung Auferstehung? Und immer blieb ein letzter Zweifel in mir zurück, ob ich sie zur rechten Zeit erkennen würde, die einmalig Eine, die sich zu dieser Stunde für mich geöffnet und dem Erblühen hingegeben hatte, und ob später die Erinnerung an die Gefundene sich wieder wandeln und als lebenslange Suche mich begleiten würde, um sich allein im Tode zu erfüllen?

Zu der verblühten Rose aber sprach ich:

Dein geschlossenes Auge streut aller Wehmut Schmerz wie Sand in Deine Seele, senkt Deiner Schönheit Samen ins Herz der alten Todesschlange, wenn sie im Klammergriff der Angst Dich würgt und Deinen eingeboren Traum im Aberwitz vergiften will.

Alle Rosen, die noch blühten, aber wollte ich fragen:

Kann aus der Schönheit Kunst Erlösung für die Welt entstehen, kann aus dem Rosenstock das ewige Leben auferstehen, wenn sein Erblühen allen Tod besiegt und alle abgelebte Zeit verjüngt?

Das Mysterium der Rose

Am Ende, als ich den Garten wieder verlassen wollte, konnte ich nur traumhaft ahnen, nicht wahrhaft wissen, ob es sich von mir hatte finden lassen, das geheimnisvolle Urbild in seiner Ursprünglichkeit und Ganzheit, so fern und doch so nah, das alle zeitlichen Rosen in sich vereinte und wie ein eingelöstes Versprechen in jeder Rosenblüte wiedergeboren wurde, oder ob ich es als ein noch nicht vollendetes Suchbild, das alles begehrte und nichts behielt, zurückgelassen hatte für eine spätere Wiederkehr? Und gleichzeitig fragte ich mich noch immer, welcher der Rosenschönen, die sich diesen Sommer erwählten, um sich im Duften und Blühen zu erschöpfen, ich mein Herz auf ewig schenken würde, um ihr Bildnis mit nach Hause zu tragen und es später als blühenden Rosenstock im eigenen Garten einzupflanzen, es zu hegen und zu pflegen für alle künftigen Rosensommer, damit es in jedem Jahr mir Antwort sein konnte auf mein Fragen, was eine Rose zu einer Rose mache, um in ihrem Rosensein den Tod zu überleben? Wussten es die Insekten, die meinen Garten besuchten, die Falter, Bienen und Hummeln mit ihren besonderen Sinnen und konnten es doch nicht weitergeben an mich? Kannten es allein die Rosen selbst, als Sinnbild und im Spiegel ihrer Schönheit, die größer war als aller Widerspruch in ihrem schon bei Geburt dem Tod anheimgegebenen Sein? Vielleicht – vor allem Fragen – lag auch die Antwort schon in mir, war ich selbst die Antwort, ohn' all warum? Vielleicht konnte sie nur als Himmelsrose weiterblühen, durch alle Zeiten und Kulturen, und sich winden lassen zum Rosenkranz und zum Symbol der Vollkommenheit werden, welches keine Hand je brechen, keine Sonne sengen und kein Frost mehr knicken konnte, weil es jenseits aller Wirklichkeit und Zeit sich in sich selbst verewigt hatte?

Und ich dachte bei mir im Stillen, ob es allein der allem und jedem gehörende, der niemals innehaltende Wind wäre, allzeit wehend, wo er will, der als letzter Gefährte der Sterbenden und einziger Geleiter der Verblichenen im Verwehen ihr geheimnisvolles, ihr wahres Wesen erkannte?

Und so dachte ich: War nicht jede Rosenblüte ein von der Natur selbst erschaffenes Mandala, in seiner Rundung und Geschlossenheit, seiner Einheit in der Vielheit der zylindrisch um ein inneres Zentrum gestaffelten Blättchen, die wie glänzende Schuppen eines Fisches aus der Tiefe des Meeres sich ringförmig um sich selbst und einen unsichtbaren Mittelpunkt zu drehen schienen. Manchmal waren sie auch leicht eingerollt wie geschmeidige Schlänglein, die einen gewundenen Kelch dornig umkränzten. Jedes einzelne der Blütenblättchen aber war innig verwachsen mit dem Grund, der sie alle trug, ganz durchdrungen von Schönheit, Glanz und Wohlgeruch und im Zusammenwirken aller, wie ein lebendiger Kreisel aus winzigen Planetensonnen und Sternenmonden, die alle ihre auseinanderstrebenden Gegensätze wieder einen konnten zum Bildnis der Rose. In weiser Einfalt und betörender Anmut gaben sie geduldig Kunde, wie Ursprung und Ziel ihres Blühens sich wieder begegneten in der geschlossenen Entfaltung zu einer vollendeten Ganzheit. Eine Welt im Kleinen, in der sich der ganze Kosmos spiegelte, in dem Tag und Nacht, Wirklichkeit und Wahn wieder zusammenfanden, um in ihrem gemeinsamen Wirken Mensch und Welt im Gleichgewicht zu halten.

Der Abschied

Noch ein letztes Mal wanderten meine Augen durch die Rosenreihen, stiegen an den Spalieren empor und schauten ehrfürchtig und innig zugewandt auf die Schönheit jeder einzelnen Rose – und ließ sie am Ende doch alle stehen in ihrer harmonischen Eintracht und gegensätzlichen Ergänzung, um mich allein meinem eigenen Rosentraume hinzugeben, der wie ein eingeborenes Seelenbild alle Widersprüche einen und zu einer unendlichen Liebe führen konnte.

Als ich am Abend den Rosengarten wieder verließ, war es keine Nachtigall, es war auch keine Lerche, nur eine kleine Singdrossel mit weiß gefleckter Brust, die ihre kurzen Strophen sang, vom Suchen und vom Finden, vom Kommen und vom Gehen, vom Lieben und vom Lassen, während das Paradies der rosigen Träume langsam in der untergehenden Sonne versank.

VERLAGSGRUPPE PATMOS

PATMOS
ESCHBACH
GRÜNEWALD
THORBECKE
SCHWABEN
VER SACRUM

Die Verlagsgruppe
mit Sinn für das Leben

MIX
Papier aus verantwortungsvollen Quellen
FSC www.fsc.org
FSC® C108521

Für die Verlagsgruppe Patmos ist Nachhaltigkeit ein wichtiger Maßstab ihres Handelns. Wir achten daher auf den Einsatz umweltschonender Ressourcen und Materialien.

www.thorbecke.de

Gestaltung: Finken & Bumiller, Stuttgart
Druck: optimal media GmbH, Röbel/Müritz
Hergestellt in Deutschland
ISBN 978-3-7995-1349-4

Bildnachweis:
S. 4/5, 52/53: mauritius images/BY; **S. 7:** mauritius images/Garden World Images/GWI/Trevor Sims; **S. 13:** mauritius images/Radim Beznoska/Alamy; **S. 16:** mauritius images/UK City Images/Alamy; **S. 18:** mauritius images/Per Karlsson, BKWine 2/Alamy; **S. 23:** mauritius images/Flowerphotos/Carol Sharp; **S. 31:** mauritius images/imageBROKER/Justus de Cuveland; **S. 34:** mauritius images/Kevin Freeborn/Alamy; **S. 38:** mauritius images/Manfred Mehlig; **S. 41:** mauritius images/Organica/Alamy; **S. 44:** mauritius images/Paul Heinrich/Alamy; **S. 55:** mauritius images/Zoonar GmbH/Alamy; **S. 59:** mauritius images/Danita Delimont.
Alle übrigen Abbildungen: Württembergische Landesbibliothek, Stuttgart.